Pour Gilles

«*On arrive toujours à ce que l'on veut
quand on le veut avec persistance
pendant quarante ans.*»

Marguerite Yourcenar

' 1999, *l'école des loisirs*, Paris
Loi N° 49 956 du 16 juillet 1949,
sur les publications destinées à la jeunesse:
octobre 2003.
Dépôt légal: octobre 2003

Mise en pages: *Architexte*, Bruxelles
Imprimé en Italie par *Grafiche AZ*, Vérone

En attendant Timoun

Geneviève Casterman

PASTEL
l'école des loisirs

Ça y est ! La réponse est "oui".
Mon rêve va enfin se réaliser.
Je peux commencer à t'attendre.
Désormais, Timoun, je te porte dans ma tête.
Aujourd'hui, c'est le début de notre histoire.

Je te sens si proche déjà.

Pourtant, tu es encore très loin de moi.

Là-bas, à l'autre bout de la terre.

Loin, loin, en plein océan Indien.

Qui es-tu ? Existes-tu déjà ?

Et surtout, quand seras-tu dans mes bras ?
Dans deux ans ? Dans trois ans ? On ne sait pas.

Petit bout du bout du monde,
seras-tu vert mousse, vert d'eau, vert pistache?
Vert fondant, craquant comme je m'y attends?

Seras-tu déjà grand ? Seras-tu gourmand ?
Seras-tu malin ? Câlin ? Coquin ?
Timoun, je pense à toi du soir au matin.

Et si tu arrivais cet été ? On ne sait jamais…
Je veux que tout soit prêt.

Tu peux venir à présent.

Mais tu n'arrives pas !
Je t'attendais avant la fin de l'été.
J'avais fait des plans.
J'avais plein de projets !

Tu n'es toujours pas là !
Je vais passer Noël sans toi…

Tout renaît.
J'espérais tellement que tu arrives avec le printemps.

Je rêvais…

Tu te moques de moi ou quoi ?

Qu'est-ce qui te retient là-bas ?

Qu'est-ce que tu fabriques ?

J'en ai marre, marre, marre !

Bon... Calme-toi maintenant !

Arrête de compter les jours.

Prends ton mal en patience.

Occupe-toi, change-toi les idées…

Tiens, c'est quoi, ça ?
Oh, un message pour moi...

Il est né! C'est un garçon!

... Je n'arrive pas à y croire ...

Cette fois, ça y est : je pars le chercher !

Bon voyage !

Reviens vite !

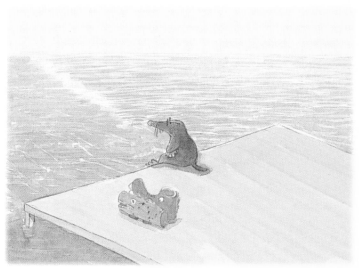

À mon tour d'attendre…

Toujours rien…

Si, là-bas: un point !

Regardez bien : les voilà !
C'est elle ! C'est lui !

Oui, ce sont eux !
Ils sont enfin revenus.
C'est Timoun tant attendu,
le petit croco des îles.

Oiseau des îles,
Canari,
Tananarive, île jolie.
Tous les paquebots se sont ligués
Pour nous ramener.

Berceuse malgache